APOTHICAIRE

ET

PERRUQUIER

OPÉRETTE DU TEMPS JADIS

DE M. ÉLIE FRÉBAULT

MUSIQUE

DE M. JACQUES OFFENBACH

— 1 franc —

PARIS

LIBRAIRIE DE J. BARBRÉ, ÉDITEUR

12, BOULEVARD SAINT-MARTIN, 12

APOTHICAIRE ET PERRUQUIER

OPÉRETTE

Représentée, pour la première fois, à Paris, sur le théâtre des Bouffes-Parisiens
le 17 octobre 1861.

PARIS. — IMPRIMERIE DE ÉDOUARD BLOT, RUE SAINT-LOUIS, 46, AU MARAIS.

APOTHICAIRE

ET

PERRUQUIER

OPÉRETTE DU TEMPS JADIS

DE M. ÉLIE FRÉBAULT

MUSIQUE

DE M. JACQUES OFFENBACH

PARIS
LIBRAIRIE DE J. BARBRÉ, ÉDITEUR
12, BOULEVARD SAINT-MARTIN, 12

1861

PERSONNAGES

BOUDINET.	MM. DESMONTS.
CHILPÉRIC.	POTEL.
PLUMOIZEAU.	JEAN-PAUL.
SEMPRONIA.	Mlle GERVAIS.

Costume Louis XV

APOTHICAIRE

ET

PERRUQUIER

Un salon modeste. Porte au fond. Portes latérales à droite et à gauche. Sur un des côtés, une petite table, avec un couvert, sur laquelle se trouve un jambon, du pain et du vin.

SCÈNE PREMIÈRE

BOUDINET, *seul; il lit une lettre.*

« De sorte que mon fils t'arrivera demain juste pour la cérémonie. Faut avouer tout de même que tu es un fier original, avec tes idées!... vouloir que Plumoizeau n'arrive qu'au moment de marcher à l'autel, sans seulement lui donner une journée pour connaître sa future, ça ne s'est jamais vu. Enfin, tu l'as voulu comme cela. Au reste, tu n'auras pas à te plaindre de Plumoizeau, ni ta fille non plus; c'est un garçon un peu timide en société, mais qui entend joliment son affaire; pas un apothicaire de la Palisse ne pourrait lui en remontrer. Il est l'inventeur d'un nouveau système hydraulique très-ingénieux qui, nous le croyons tous ici, lui fera le plus grand honneur dans le monde savant. Tu verras, car il t'en apporte un spécimen pour t'en faire présent. Il est très-doux... et très-facile... mais un peu susceptible. Comme tu le sais, ma diable de goutte m'empêche d'aller remplir mes fonctions de père ; tu me remplaceras. Adieu, vieil original. Ton dévoué Plumoizeau, ex-apothicaire et marguillier de la paroisse, etc. » (Il se lève et marche.) Le fait est que je ne fais rien comme les autres, moi !... Je me suis imaginé de marier ma chère Sempronia au fils de mon ancien camarade Plumoizeau, apothicaire à la Palisse, et j'ai fait faire les publications, il y a quinze jours. Ma fille n'a pas encore vu son futur, ni moi non plus. Le mariage se fait aujourd'hui. On n'attend plus que l'époux pour commencer la cérémonie, et le perruquier pour coiffer la mariée. L'époux arrivera sans doute tout habillé. Sitôt arrivés, vite chez le tabellion ! ils feront connaissance après. Ceci me paraît assez neuf ; Sempronia manifeste une assez vive répugnance pour cette union ; elle prétend qu'elle ne connaît pas son futur, qu'elle ne l'aime pas, qu'elle ne l'aimera jamais... Sa mère en disait autant quand je l'ai épousée... (Au public.) Eh bien ! je ne m'en suis pas plus mal porté, ni ma femme non plus ! Ça ne l'a pas empêchée de partir avant moi.

Romance.

PREMIER COUPLET.

Je n'ai jamais connu l'amour :
La fleur des champs toujours cachée,
Sur son humble tige penchée ;
Le chapon dans sa basse-cour,
Le hanneton dans son enfance,
L'agneau qui vient de voir le jour,
N'ont pas au cœur plus d'innocence.
Je n'ai jamais connu l'amour.

DEUXIÈME COUPLET.

Je n'ai jamais connu l'amour ;
Mon cœur, à Cupidon rebelle,

A sommeillé sans étincelle,
Sans me gêner jusqu'à ce jour.
Chagrins, ennuis, en récompense,
Chez moi n'ont jamais fait séjour,
Et je bénis la Providence
De n'avoir pas connu l'amour.

(Tirant sa montre). Voyons! il ne peut tarder à arriver maintenant? Il faut que je voie si Sempronia est prête à marcher à l'autel. (Il va pour sortir, quand paraît Chilpéric.)

SCÈNE II

BOUDINET, CHILPÉRIC, très-frisé, en habit noir, avec un petit paquet sous le bras. — Il entre par la porte du fond.

CHILPÉRIC, saluant.

Monsieur Boudinet, s'il vous plaît?

BOUDINET, allant à lui les bras ouverts.

Ah! voici notre jeune homme, enfin!

CHILPÉRIC, abasourdi, se laisse embrasser. — A part.

Tiens! qu'est-ce qu'il a donc, cé vieux?

BOUDINET, joyeusement.

Nous n'attendions plus que vous, jeune matassin!

CHILPÉRIC, embarrassé.

Excusez-moi, monsieur, si je suis un peu en retard.

BOUDINET, avec rondeur.

Eh! mon ami, je sais bien que ce n'est pas de votre faute... Vous ne pouvez aller plus vite que le coche.

CHILPÉRIC, étonné.

Que le coche.

BOUDINET.

Et le papa, comment va-t-il?

CHILPÉRIC.

Vous êtes bien bon. (A part.) Ah çà! il connaît donc mon père

BOUDINET.

Toujours sa diable de goutte, hein? C'est ce qui l'empêche de venir?... Enfin, nous ferons l'affaire sans lui.

CHILPÉRIC.

Mais nous n'avons nul besoin de mon père. Il n'exerce plus, monsieur; d'ailleurs, je manie aussi bien que lui les instruments de notre profession.

BOUDINET.

Ah! farceur! Le petit mot pour rire!... Eh! eh! je ne crains pas ça... mais voyons donc, que je vous dévisage.

CHILPÉRIC, reculant.

Hein!

BOUDINET, le fixant.

Un peu timide... le papa me l'avait dit... bonne tenue, du reste... Fichtre!... déjà frisé!... Allons! allons! je vois que nous avons pensé à tout... jusqu'au système en question... Eh! eh! il ne l'a pas oublié, ce cher ami?

CHILPÉRIC, à part.

Mais, qu'est-ce qu'il a ce vieux?... qu'est-ce qu'il a?

BOUDINET.

Voyons, débarrassez-vous d'abord de la chose. (Il lui prend son paquet et le pose sur un meuble.) Nous n'en avons pas besoin maintenant.

CHILPÉRIC, voulant reprendre son paquet.

Mais si, au contraire, puisque...

BOUDINET, riant.

Farceur, va!... (Il lui frappe sur le ventre.) Le papa ne m'avait pas dit qu'il était si plein de gaîeté... Eh! eh! j'aime à rire aussi, moi!

CHILPÉRIC, à part.

Décidément, ce vieillard est en proie aux Euménides!

BOUDINET.

Mais ne nous amusons point aux bagatelles de la porte. Nous avons de quoi nous occuper aujourd'hui. Après un tel voyage, vous devez avoir faim; venez vous mettre à table. — Là, tenez, le couvert est mis, ne vous gênez pas. (Il le fait asseoir devant la table toute servie.)

CHILPÉRIC, à part.

Je n'y comprends rien. Laissons-nous faire, et profitons de cette hospitalité toute écossaise.

BOUDINET.

Quant à moi, je vais m'occuper des derniers préparatifs, puis nous irons chez le tabellion.

CHILPÉRIC, se levant.

Mais alors, il faut que j'aille...

BOUDINET, le forçant à se rasseoir en lui pesant sur les épaules.

Ne vous gênez pas, je vous dis, je reviendrai vous prendre tout à l'heure. Eh! eh! eh! ces jeunes gens, c'est impatient... Un vrai salpêtre!... (Il sort.)

SCÈNE III

CHILPÉRIC, seul; il mange.

Singulière aventure : je débarque hier de la ville où j'ai fait mes premières armes pour entrer chez un des premiers artistes de la capitale. Ce matin, le patron me dit d'une voix sarcastique : « Chilpéric, vous avez à Carpentras une certaine réputation, je veux voir si elle n'est point usurpée. Vous allez vous rendre immédiatement rue du Singe, chez M. Boudinet, pour coiffer sa fille qui se marie aujourd'hui. Alors j'arrive ici avec une idée de coiffure luxuriante. Un vieillard obèse me presse sur son thorax, me frappe sur l'épigastre, m'entretient d'une foule de choses incohérentes, s'empare de mon paquet et me fait asseoir à cette table... c'est un galimatias à n'y rien comprendre. De deux choses l'une : ou ce vieillard est dans un violent état d'aliénation mentale, ou il a la bosse de l'hospitalité étrangement développée... Enfin, ce jambon est excellent... ce vin se laisse boire... Le vieux m'a dit de ne pas me gêner. (Il mange et boit.) Mais, la mariée?... sa coiffure? Ma foi! le vieux m'a dit qu'il reviendrait me prendre, attendons! mangeons! et cependant je mange sans appétit. J'ai un cheveu dans mon existence; le souvenir de cette jeune fille et de son opulente chevelure me poursuit partout. (Il se lève.) Je la voyais là-bas tous les matins en allant faire mes barbes.

Romance.

PREMIER COUPLET.

Un ange, une femme inconnue,
Que je rencontrais chaque jour
A Carpentras, dans la Grand'rue,
M'embrasa du plus tendre amour.
Ah! sapristi! qu'elle était belle!
Je pris feu comme l'amadou.
En rasant, en coiffant, c'est elle,
C'est elle que je vois partout.

DEUXIÈME COUPLET.

O charmante blonde! à ta vue
J'ai senti que j'avais un cœur.
Pourquoi que tu m'es apparue,
Brillante étoile du coiffeur?
Toujours ta douce voix m'appelle.
Sapristi! j'en deviendrai fou!
En rasant, en coiffant, c'est elle,
C'est elle que je vois partout.

SCÈNE IV

CHILPÉRIC, SEMPRONIA, en toilette de mariée, sans la coiffure ; elle entre par la gauche.

SEMPRONIA.

Mon Dieu! ce vilain coiffeur ne veut donc pas venir?... (S'avançant et apercevant Chilpéric.) Ah!...

CHILPÉRIC, se levant brusquement.

Que vois-je?... suis-je le jouet d'une apparition? Est-ce une illusion décevante!... Veill'-je ou dorm'-je?

Chant.

Est-ce une erreur de mon œil en délire?...
Serait-ce, hélas! un mirage trompeur?

SEMPRONIA, à part.

Grand Dieu! c'est lui, pour qui mon cœur soupire.
Lui!... Plumoizeau! mon futur... ô bonheur!...

CHILPÉRIC.

Je ne me trompe point; voilà ma bien-aimée,
L'ange inconnu, je le retrouve enfin!
L'espoir, l'espoir immense, en mon âme charmée
Vient se nicher soudain.

SEMPRONIA, à part.

O destin prospère!
C'est lui que mon père
Attend aujourd'hui.

CHILPÉRIC, *à part.*

O bonheur suprême!
La femme que j'aime,
Elle m'aime aussi.

ENSEMBLE.

Mon cœur bat plus vite,
D'amour il palpite
En { le / la } revoyant.
Moment plein de charmes,
Pour moi plus de larmes,
Espoir enivrant.

CHILPÉRIC, *lui prenant la main.*

Ainsi, de Carpentras vous voilà revenue?

SEMPRONIA.

Je suis depuis six mois de retour à Paris.

CHILPÉRIC, *avec joie.*

Vous êtes de Paris? ô ma belle inconnue,
Par quel heureux hasard vîntes-vous au pays?

SEMPRONIA.

Sous votre ciel d'azur, je possède une tante,
Qui de mes jeunes ans a pris soin autrefois.
Je fus passer l'hiver près de cette parente;
C'est là que je vous vis pour la première fois.
O destin prospère!
C'est lui que mon père
Attend aujourd'hui.

CHILPÉRIC.

O bonheur extrême !
La femme que j'aime,
Elle m'aime aussi.

REPRISE DE L'ENSEMBLE.

Mon cœur bat plus vite,
D'amour il palpite
En { le / la } revoyant.
Moment plein de charmes,
Pour moi plus de larmes,
Espoir enivrant.

SEMPRONIA.

Comment, monsieur, c'est vous que mon père?... Quelle douce surprise?

CHILPÉRIC, lui prenant la main.

Oh! oui! je devais vous retrouver, vous et votre opulente chevelure!... Si vous saviez à quelles minutieuses perquisitions je me suis livré dans Carpentras, pour savoir ce que vous étiez devenue!... Tous les matins, en me rendant à mes barbes, je faisais retentir les échos de la ville sous mes soupirs multipliés. Mes rasoirs n'avaient plus le fil. Le fer tremblait dans ma main!... et mes clients m'accablaient d'épithètes ignominieuses! (Ici Plumoizeau, un paquet sous le bras, entre timidement.)

SEMPRONIA.

Est-ce que vous n'exerciez pas la profession d'apothicaire, là-bas?

CHILPÉRIC.

Plait-il?... (Ici ils sont interrompus par Plumoizeau, qui passe sa tête entre eux deux.)

SCÈNE V

CHILPÉRIC, SEMPRONIA, PLUMOIZEAU.

PLUMOIZEAU, timidement à Sempronia.

C'est à monsieur Boudinet que j'ai l'honneur de parler?

CHILPÉRIC, se retournant.

Hein?...

PLUMOIZEAU, à Chilpéric.

C'est à mademoiselle Boudinet que j'ai l'honneur...

SEMPRONIA.

Ah! le coiffeur!... Vous voilà, enfin!... je vous attends depuis huit heures.

PLUMOIZEAU, à part.

Quelle impatience!... M'aimerait-elle déjà?... Elle est bien gentille, cette femme!... (Haut.) Excusez-moi, mademoiselle, c'est le coche... (Renversant une chaise.) Mille pardons.

CHILPÉRIC, à part.

Quel est cet olibrius?

SEMPRONIA.

Avez-vous apporté tout ce qu'il faut?

PLUMOIZEAU, avec hésitation.

Mais certainement, mademoiselle.

CHILPÉRIC, à part, avec désespoir.

Est-elle jolie !... Mais où donc est celui qui ose prétendre à ses cheveux?... il ne m'est point encore apparu.

SEMPRONIA, à Chilpéric, qu'elle fait asseoir à table.

En attendant, mettez-vous là; après un tel voyage, votre estomac...

CHILPÉRIC, avec exaltation.

Ce n'est pas mon estomac, c'est mon cœur.

PLUMOIZEAU.

Quel peut être ce monsieur si frisé qui mange? un parent, sans doute... Je voudrais bien manger aussi, moi, j'ai une faim de loup...

SEMPRONIA, vivement, à Plumoizeau.

Alors dépêchons-nous.

PLUMOIZEAU, avec joie.

Je ne demande pas mieux. (A part.) Oh! bonheur! je suis aimé !... Est-elle gentille ! est-elle gentille !

CHILPÉRIC, à part.

Amère dérision ! je mange ! elle se marie aujourd'hui, et c'est moi qui viens la coiffer... Est-ce pour cela que je devais la retrouver ?

SCÈNE VI

LES MÊMES, BOUDINET, en grande tenue, entrant par la droite.

BOUDINET, à la cantonade.

Un coucou de quatre places à deux chevaux. (Prêtant l'oreille.) Oui, ça suffira... il n'y a pas d'invités... les témoins viendront à pied. (Entrant.) Je ne fais rien comme les autres, moi... (A Chilpéric.) Encore à table? bel appétit!... (A Sempronia.) Comment, pas encore prête? (Pendant les mots à la cantonade de Boudinet, Plumoizeau, rôde autour de la table, et dérobe une côtelette.)

SEMPRONIA.

Mais, mon père, ce n'est pas ma faute... (Montrant Plumoizeau.) J'attendais monsieur, il arrive seulement.

PLUMOIZEAU, à Boudinet.

C'est à monsieur Boudinet que j'ai l'honneur de parler? (Il cache la côtelette derrière lui.)

BOUDINET, vivement.

Ah! malheureux! vous êtes en retard... que le diable vous emporte!

PLUMOIZEAU, embarrassé.

Croyez bien...

BOUDINET.

On vous attend depuis ce matin... que le diable vous patafiole!

PLUMOIZEAU, à part.

Le papa beau-père est un peu vif.

BOUDINET.

On ne peut rien faire sans vous.

PLUMOIZEAU, souriant.

Je le sais bien.

BOUDINET.

Alors pourquoi vous faites-vous attendre?... J'irai me plaindre chez...

PLUMOIZEAU, l'interrompant.

Mais le coche...

BOUDINET.

Pas d'excuses, et dépêchez-vous.

PLUMOIZEAU.

Mais...

BOUDINET, à Chilpéric.

Je vous demande pardon... sans ce maudit animal !

PLUMOIZEAU, à part.

Il est un peu cheval, le papa beau-père... je commence à avoir du regret d'être venu.

BOUDINET, à Chilpéric.

Veuillez m'excuser.

CHILPÉRIC.

Mais de rien... comment donc!... (A part.) C'est étonnant comme ce vieux me comble de prévenances.

BOUDINET, à Sempronia.

Allons, ma fille, va vite, le temps presse. (A Plumoizeau.) Et vous, allez-vous vous remuer, à la fin?

PLUMOIZEAU, à part.

Saperlipopette! le papa beau-père commence à me donner sur les nerfs... j'ai dû regret d'être venu.

Chant.

ENSEMBLE.

PLUMOIZEAU, à part.

Si ce n'était cette superbe femme,
Ici, vraiment, je ne resterais pas.
Le père est vif, mais la fille s'enflamme,
Je le vois bien, pour mes faibles appas.

CHILPÉRIC, à part.

Je vais, hélas! perdre ce que j'adore.
Je la retrouve et me la vois ravir
Le même jour. O destin que j'implore,
En la coiffant, tantôt, fais-moi mourir.

SEMPRONIA, à part.

O jour heureux! Félicité suprême,
Moi, ce matin, qui maudissais le sort,
Je vais m'unir au prétendu que j'aime,
Avec mon cœur, mon devoir est d'accord.

BOUDINET, poussant Plumoizeau.

Quel animal! voyez comme il se presse,
Je crois, morbleu, qu'il n'en finira pas!
Allons, que diable! un peu plus de prestesse!
Avez-vous peur de vous casser les bras?

PLUMOIZEAU.

Sous mon regard je la vois pantelante,

CHILPÉRIC.

Mon pauvre cœur est prêt à défaillir.

PLUMOIZEAU, se frappant le ventre.

Heureux coquin!

CHILPÉRIC.

En vain je me lamente
Le sacrifice, hélas! va s'accomplir!!!

REPRISE DE L'ENSEMBLE.

PLUMOIZEAU.

J'ai une faim de loup... Si je pouvais... (Il va pour s'asseoir.)

BOUDINET.

Eh bien! (Il le prend par le bras.)

PLUMOIZEAU.

Ah! mais il m'embête, le papa beau-père!... Décidément, j'ai du regret d'être venu. (Sempronia passe devant, Plumoizeau la suit; en s'en allant, il accroche les pieds de la chaise et la fait tomber. —Ils sortent par la gauche.)

BOUDINET, relevant la chaise.

Animal!

SCÈNE VII

BOUDINET, CHILPÉRIC.

CHILPÉRIC.

Pardon, mais je crois qu'il serait temps...

BOUDINET, l'arrêtant.

Minute, que diable! Mon jeune coq, comme vous êtes pressé...

CHILPÉRIC.

C'est que, pour la coiffure, il faut du temps...

BOUDINET.

Eh bien, raison de plus... Nous pouvons causer, en attendant.

CHILPÉRIC.

En attendant quoi?

BOUDINET.

Eh bien, en attendant la coiffure.

CHILPÉRIC.

Je ne saisis pas!

BOUDINET, riant.

Farceur! toujours le mot pour rire... Eh! eh! eh! je ne crains pas ça non plus, moi... (Il lui frappe sur le ventre.)

CHILPÉRIC, à part.

Ah çà! est-ce que ça va recommencer?

BOUDINET.

Voyons, causons donc un peu de là-bas... (Il s'assoit.)

CHILPÉRIC, de même.

De là-bas?

BOUDINET.

Il paraît que vous avez fait vos preuves, mon garçon! Votre père est enchanté de vous! vous êtes l'orgueil de votre endroit.

CHILPÉRIC, naïvement.

Le fait est que c'est moi qui faisais la barbe à tout le pays.

BOUDINET.

Oui, oui, je sais ! Vous êtes le plus expert de votre ville... Vous les enfoncez tous, jeune matassin !

CHILPÉRIC, à part.

Mais, pourquoi s'obstine-t-il à m'appeler matassin?

BOUDINET.

Et puis, vous allez me montrer le fameux système...

CHILPÉRIC.

Quel système?

BOUDINET.

Parbleu! celui que votre père m'annonce? Vous l'aviez sous le bras en entrant. Il paraît que c'est de votre invention... Ah! ah! nous avons du génie, à ce qu'il paraît, jeune homme?

CHILPÉRIC.

Il est fou à lier! (Il se lève.)

BOUDINET, de même.

Je suis persuadé que vous irez loin. La chimie n'a déjà, sans doute, plus de secrets pour vous?

CHILPÉRIC, à part.

Flattons sa manie. (Haut.) Plus du tout, du tout, du tout!

BOUDINET.

Je m'en doutais. Ma fille ne pouvait mieux tomber.

CHILPÉRIC.

Oh! quant à ça, vous pouvez vous fier à moi! J'ai inventé une pommade pour fixer...

BOUDINET, *enthousiasmé.*

Une pommade! Mais ce garçon a véritablement la bosse de l'invention! Est-ce une pommade pour les douleurs?

CHILPÉRIC, *hurlant.*

Pour les cheveux!

BOUDINET.

J'entends bien, mon ami; vous vous occupez des maladies du cuir chevelu.

CHILPÉRIC, *à part.*

C'en est trop; ce vieux finirait par me rendre idiot! (*Haut.*) Pardon, monsieur; mais mademoiselle votre fille doit avoir besoin de moi, je vais...

BOUDINET, *l'arrêtant.*

Quel salpêtre! (*Il se précipite vers la porte et lui barre le passage.*)

DUO.

Il est vif comme la poudre!
(*Il marche sur lui en lui poussant des bottes.*)

CHILPÉRIC, *à part.*

Ne saurait-il se résoudre
A me laisser travailler!
(*Il essaye d'aller à la porte.*)

BOUDINET, *le tenant au collet.*

Calmez cette ardeur, jeune homme,
Que diable!...

CHILPÉRIC, *se débattant.*

Mais voyez comme
Il est à me tirailler!

ENSEMBLE.

CHILPÉRIC, à part.

De mes mains frôler sa figure !
Les plonger dans sa chevelure !
La coiffer, hélas ! et mourir !
Voilà, voilà ma seule envie !
Je suis dégoûté de la vie
Puisque mon rêve doit finir !

BOUDINET, riant.

Voyez un peu quelle figure !
Le gaillard est à la torture !
Il grille déjà de désir !
Sa future lui fait envie,
Il veut me fausser compagnie,
Car il est pressé d'en finir !

BOUDINET.

Sempronia n'est pas encor coiffée !
(Il se précipite vers la porte et lui barre le passage.)

CHILPÉRIC.

Et justement, voilà pourquoi je veux...
(Il essaye de passer.)

BOUDINET, l'interrompant.

Sa chevelure est tout ébouriffée !
Attendez donc, jeune homme impétueux !

CHILPÉRIC.

En attendant, monsieur, l'heure se passe !
Et vous verrez, je n'aurai plus le temps
De terminer la coif...

BOUDINET, le prenant au collet.

Est-il tenace ?
Morbleu ! du calme ! encor quelques instans
(Ils luttent ensemble.)

REPRISE DE L'ENSEMBLE.

CHILPÉRIC.

De mes mains frôler sa figure !
Les plonger dans sa chevelure !
La coiffer, hélas ! et mourir !
Voilà, voilà ma seule envie !
Je suis dégoûté de la vie,
Puisque mon rêve doit finir !

BOUDINET.

Voyez un peu quelle figure !
Le gaillard est à la torture !
Il grille déjà de désir !
Sa future lui fait envie,
Il veut me fausser compagnie,
Car il est pressé d'en finir !

SCÈNE VIII

LES MÊMES, SEMPRONIA, les cheveux en désordre ; PLUMOIZEAU. Ils viennent de gauche.

SEMPRONIA, accourant vers Boudinet.

Mon père ! mon père !

BOUDINET.

Comment ! tu n'es pas encore prête ?

SEMPRONIA, montrant Plumoizeau.

Ce monsieur n'entend rien à la coiffure !... De plus, il s'est permis de me faire une déclaration, et il m'a cassé deux dents...

BOUDINET, sautant sur Plumoizeau.

Deux dents !!!

SEMPRONIA.

A mon peigne d'écaille...

BOUDINET, le secouant.

Comment, paltoquet!...

PLUMOIZEAU, se débattant; à part.

Décidément, le papa beau-père est embêtant. De plus, j'ai une faim de loup!

SEMPRONIA.

Avec tout cela, moi, je ne suis pas coiffée...

CHILPÉRIC.

Mais ne suis-je pas là?

SEMPRONIA.

Comment! vous pourriez?...

BOUDINET.

Ah çà! il sait donc tout faire, ce garçon? Où diable avez-vous appris tout cela, homme précieux?... (Il va à lui.)

CHILPÉRIC, à part, se sauvant.

Merci! J'en ai assez de sa conversation, à lui... (Haut.) Mademoiselle, je suis à vos ordres. (Il va prendre son paquet.)

SEMPRONIA.

Vraiment!... Je suis confuse... tant de complaisance!... (Elle passe devant lui.)

CHILPÉRIC.

Mais, ne suis-je pas venu pour cela? (Il la suit vivement.)

BOUDINET, lui frappant sur le ventre.

Ah! ah! ah! il est plein de gaieté! (Sempronia sort avec Chilpéric par la gauche. — Boudinet les suit jusqu'à la porte et les regarde un instant.)

PLUMOIZEAU, courant à la table pendant ce temps.

Si je pouvais, en attendant...

SCÈNE IX

BOUDINET, PLUMOIZEAU.

BOUDINET, allant le prendre par le bras et l'amenant sur le devant.

Quant à vous, si jamais vous remettez les pieds ici... je ne vous dis que ça!

PLUMOIZEAU.

Saperlipopette! il ne me laissera pas manger!!!

BOUDINET.

Tenez et filez. (Il lui met de la monnaie dans la main.)

PLUMOIZEAU, hébété.

Dix sous!... il me donne dix sous!...

BOUDINET, furieux.

N'est-ce pas assez, crétin!... pour ce que tu as fait?

PLUMOIZEAU, hébété.

Ce que j'ai fait?

BOUDINET.

Une coiffure manquée... deux dents cassées!

PLUMOIZEAU, exaspéré.

Oh! saperlipopette!... je m'insurge à la fin!... Dans quel antre suis-je tombé, ô mon Dieu!... J'arrive, et à peine entré dans cette maison inhospitalière, je me trouve immédiatement en butte à des brutalités sans nom! on m'empêche de manger, bien que j'aie une faim de loup, on me met un peigne entre les mains... et on me force à coiffer la femme à laquelle je viens m'unir...

BOUDINET.

Que dit-il?

PLUMOIZEAU, exaspéré.

Un peigne à moi!... c'est indécent!

BOUDINET.

Mais vous n'êtes donc pas coiffeur?

PLUMOIZEAU, avec mépris.

Fi donc!... je suis apothicaire.

BOUDINET.

Et Plumoizeau?...

PLUMOIZEAU.

C'est mon nom!

BOUDINET, avec ironie.

Alors ce serait vous le futur?...

PLUMOIZEAU.

Parbleu!

BOUDINET, haussant les épaules.

Allons donc!

PLUMOIZEAU.

Comment, allons donc!... Ah çà, pour qui me prenez-vous?

BOUDINET.

Mais pour le coiffeur.

PLUMOIZEAU, exaspéré.

Oh! mais ça m'ennuie à la fin... je vous dis que je suis Plumoizeau... que j'ai une faim de loup... que je viens épouser votre fille... qui est folle de moi... la pauvre enfant!...

BOUDINET, haussant les épaules.

C'est vous qui êtes fou!

PLUMOIZEAU, *furieux.*

Ah! c'est à devenir hydrophobe!..

BOUDINET.

Puisque Plumoizeau est en ce moment à coiffer ma fille.

PLUMOIZEAU.

Quel Plumoizeau?

BOUDINET.

L'apothicaire.

PLUMOIZEAU.

Ça n'est pas vrai... c'est moi, l'apothicaire.

BOUDINET.

Taisez-vous donc... vous n'avez seulement pas pu coiffer Sempronia.

PLUMOIZEAU.

Mais je ne suis pas coiffeur!

BOUDINET.

Si....

PLUMOIZEAU, *hurlant.*

La preuve, c'est que je ne sais pas coiffer! ..

BOUDINET.

Ce n'est pas une raison!

PLUMOIZEAU, *avec rage.*

Il va me faire entrer en ébullition!...

BOUDINET.

Sortez!...

PLUMOIZEAU, *hurlant.*

Saperlipopette!... si je ne me retenais... (*Déclamant.*)

Rendez grâce au lien qui retient ma colère!
De Sempronia encor je respecte le père!

(*Il se pose tragiquement.*)

BOUDINET.

Une fois... deux fois... veux-tu sortir?... imposteur!...

PLUMOIZEAU, s'asseyant.

Je suis ici par la volonté de papa... je n'en sortirai que par la force des poignets... (Il casse une chaise.)

BOUDINET, furieux.

Brigand! voilà qu'il détériore mon mobilier! (Hurlant.) A a garde! à la garde! (Il le prend au collet.)

SCÈNE X

BOUDINET, PLUMOIZEAU, CHILPÉRIC, SEMPRONIA en toilette complète de mariée; elle vient, ainsi que Chilpéric, de la gauche.

SEMPRONIA.

Ah! mon Dieu! qu'y a-t-il, mon père?

BOUDINET, exaspéré; il court par la chambre.

Des a... a... armes!... des a... a... armes!

SEMPRONIA.

Au nom du ciel, calmez-vous!

BOUDINET.

Me calmer!... me calmer!... Mais tu ne sais donc pas que ce misérable, à qui j'ai des démangeaisons de briser l'épine dorsale, (Il fait un mouvement. Plumoizeau recule avec précipitation.) prétend qu'il est venu ici pour t'épouser, lui!

CHILPÉRIC.

Lui!

SEMPRONIA.

Écoutez-moi, mon père. (Montrant Plumoizeau.) Monsieur n'est pas coupable .

PLUMOIZEAU, *triomphant.*

Ah !

BOUDINET.

Que dis-tu ?

SEMPRONIA.

Écoutez !

PLUMOIZEAU.

Elle va prendre ma défense !... O bonheur !... je suis aimé !

SEMPRONIA *fait un signe à Chilpéric.*

PREMIER COUPLET.

Une fillette ingénue
Rencontrait en son chemin,
Chaque matin dans la rue
(*Elle indique Chilpéric.*)
Un jeune homme à l'œil câlin !..
(*Baissant les yeux.*)
Son regard peignait sa flamme
Bientôt la fille l'aima.
(*Avec âme.*)
L'aima de toute son âme.
(*Vivement.*)
C'est la vérité, papa !
(*A la deuxième et troisième fois.*)

TOUS.

Papa.
(*Boudinet fait un mouvement.*)

DEUXIÈME COUPLET.

Mais un jour la jeune fille
Quitta le pays, hélas !
Et revint dans sa famille
En regrettant Carpentras !
On voulait à la pauvrette
Donner un époux oui-da !
(*Elle indique Plumoizeau, qui se rengorge.*)

Tandis qu'elle aime en cachette

(Vivement.)

C'est la vérité, papa !

(Tous à le répéter.)

Papa.

(Boudinet, même jeu.)

TROISIÈME COUPLET.

Pour coiffer la mariée
Se présente un inconnu !
Le père, à son arrivée,

(Chilpéric salue.)

Le prend pour le prétendu,
Or... c'était une méprise !..
Quand le futur arriva

(Regardant Plumoizeau, qui fait la moue.)

Déjà la place était prise
C'est la vérité, papa !...

(Même jeu.)

TOUS.

C'est la vérité, papa !..

BOUDINET.

Qu'apprends-je?... qu'ouïs-je ! (Furieux et marchant sur Chilpéric.) Comment !... vous avez eu l'audace...

CHILPÉRIC, reculant.

Puisque c'est vous qui...

BOUDINET, même jeu.

L'impudence !

CHILPÉRIC, même jeu.

Du tout, je...

BOUDINET, même jeu.

Le toupet !...

PLUMOIZEAU, avec mépris.

Un coiffeur! ce n'est pas étonnant.

CHILPÉRIC.

Puisque j'étais venu pour...

BOUDINET, levant les bras au ciel.

Oh!

CHILPÉRIC, avec dignité.

Un instant, mossieu!... sachez que je suis l'inventeur du double toupet à triple courant d'air, et du philocome hygiénique, à base ferrugineuse, pour le bombage du tube et la désinfection du tissu pelliculaire. Apprenez que j'ai eu au dernier concours de coiffure, un écu de six livres, de la valeur de six francs, mossieu! J'ai fait mes preuves le fer en main! (Plumoizeau recule.) et je n'entends pas être discuté, mossieu!

SEMPRONIA, câlinant Boudinet.

C'est lui que je veux épouser, mon père.

BOUDINET, haussant les épaules.

Un coiffeur?...

SEMPRONIA, avec passion.

Puisque je l'aime!...

PLUMOIZEAU, haussant les épaules.

Quel goût dépravé!...

BOUDINET.

J'ai mis dans ma tête que ce mariage se ferait aujourd'hui même; les publications sont faites, et d'ailleurs, j'ai donné ma parole à Plumoizeau...

CHILPÉRIC, vivement.

Comment dites-vous?

BOUDINET.

J'ai dit que j'ai donné ma parole à Plumoizeau !

CHILPÉRIC.

Mais c'est moi, Plumoizeau !

ENSEMBLE.

SEMPRONIA.

Ah !

BOUDINET.

Vous ?

PLUMOIZEAU.

Lui !

BOUDINET, *avec désespoir.*

Je n'y comprends plus rien.

CHILPÉRIC, *joyeusement.*

Eh ! sans doute ! Je suis Plumoizeau, Chilpéric Plumoizeau... ma naissance est connue !... mes vœux sont ceux d'un simple perruquier !...

PLUMOIZEAU, *frappant dans ses mains.*

Bah ! est-ce que vous seriez le petit Chilpéric, le fils de mon oncle Plumoizeau de Carpentras ?

CHILPÉRIC, *de même.*

Est-ce que vous-même vous seriez le petit Théobule, le fils de mon oncle Plumoizeau de la Palisse ?

PLUMOIZEAU, *se jetant dans ses bras.*

Ah ! mon cousin ! (*Il renverse la chaise.*)

CHILPÉRIC, *de même.*

Ah ! mon cousin !

BOUDINET, relevant la chaise.

Pardieu ! voilà qui est original !...

CHILPÉRIC.

Et tout le monde va bien, là-bas ?

PLUMOIZEAU, très-vite.

Mais oui, grâce à Dieu ! Il n'y a que mon père qui a sa goutte, ma mère, sa péritonite aiguë, mon grand-père, ses rhumatismes, et ma tante sa péripneumonie inflammatoire ; à part ça, tout le monde va bien.

CHILPÉRIC, lui serrant la main.

Allons ! allons ! tant mieux !... Ce cher Théobule !

PLUMOIZEAU, de même.

Ce bon Chilpéric ! Comme on se retrouve !

CHILPÉRIC.

Si nous allions prendre quelque chose ?

PLUMOIZEAU.

Avec volupté, j'ai une faim de loup... (Ils vont pour sortir.)

BOUDINET.

Eh bien ! eh bien ! Dites donc ? Et ma fille, et le tabellion ?

CHILPÉRIC.

Ah ! c'est juste !...

SEMPRONIA, câlinant Boudinet.

Eh bien ! mon père ?

BOUDINET.

Comme j'ai fait publier les bans sous le nom de Plumoizeau, et que Chilpéric porte le même pseudonyme, je consens à vous unir.

CHILPÉRIC.

O bonheur !

SEMPRONIA, *embrassant Boudinet.*

Cher bon père!

BOUDINET.

Je n'ai qu'une parole, moi!

PLUMOIZEAU.

Eh bien! et moi?

BOUDINET.

Ah! c'est juste! Agréez mes excuses, cher ami, je vous invite à la noce. Vous coifferez ma fille.

PLUMOIZEAU.

Mais je ne suis pas coiffeur.

BOUDINET.

Ça ne fait rien! En route chez le tabellion.

PLUMOIZEAU.

J'aimerais mieux aller chez le traiteur!

QUATUOR.

Vous allez / Nous allons } entrer en ménage
Gardez-vous / Gardons-nous } bien tous deux,
Après six mois de mariage,
De vous / De nous } prendre aux cheveux!

FIN

PARIS. — IMPRIMERIE ÉDOUARD BLOT, RUE SAINT-LOUIS, 46.

PARIS. — IMPRIMERIE DE ÉDOUARD BLOT, RUE SAINT-LOUIS, 46.

www.ingramcontent.com/pod-product-compliance
Ingram Content Group UK Ltd.
Pitfield, Milton Keynes, MK11 3LW, UK
UKHW012117240726
13965UKWH00005B/1814